PÉPIN LE pingouin

**Données de catalogage avant publication
(Canada)**

Papineau, Lucie
Pépin le pingouin
Pour enfants.

ISBN 2-89512-253-9 (rel.)
ISBN 2-89512-252-0 (br.)

I. Sarrazin, Marisol, 1965- . II. Titre.

PS8581.A665P45 2002 jC843'.54 C2001-941596-6
PS9581.A665P45 2002
PZ23.P36Pe 2002

Éditrice : Dominique Payette
Directrice de collection : Lucie Papineau
Graphisme : Primeau & Barey

Dépôt légal : 3e trimestre 2002
Bibliothèque nationale du Québec
Bibliothèque nationale du Canada

Dominique et compagnie
300, rue Arran, Saint-Lambert (Québec)
Canada J4R 1K5
Téléphone : (514) 875-0327
Télécopieur : (450) 672-5448
Courriel : dominiqueetcie@editionsheritage.com

Imprimé au Canada
10 9 8 7 6 5 4 3 2 1

Nous remercions le Conseil des Arts du Canada de
l'aide accordée à notre programme de publication, ainsi
que la SODEC et le ministère du Patrimoine canadien.

Gouvernement du Québec – Programme de crédit
d'impôt pour l'édition de livres – Gestion SODEC.

*À Danielle Vaillancourt, avec
un ÉNORME merci,
et à ma mère, la meilleure
de toutes les mamans!*
L.P.

*À Maude Veilleux,
super-assistante et grande amie…*
M.S.

Texte : Lucie Papineau
Illustrations : Marisol Sarrazin

PÉPIN LE
pingouin

Dominique et compagnie

Loin là-bas, au bout du monde, il est un pays tout
froid, un pays tout blanc.

Pépin le pingouin y coule des jours heureux, des
jours pleins d'amour pour sa Pépita… et pour son
Pistachou et sa Pistachette.

Un beau matin, Pépin pêche la crevette sur la banquise.
De mémoire de pingouin, jamais il n'a eu si chaud.
Même le vent semble avoir arrêté de souffler.
—Plic! Ploc! Plouc! chantent les gouttes qui tombent
des glaçons.

Dans leur langage, elles disent: attention, tout fond!
Mais Pépin n'entend pas, Pépin ne voit pas son îlot de
glace se détacher et partir à la dérive.

Lorsque le petit pingouin lève la tête, il est déjà
trop tard. Encerclé par la brume, ballotté par les vagues,
Pépin est perdu. Et il a très, très peur.

À l'autre bout de la terre, au pays des girafes qui perdent leurs taches, Gilda pique-nique avec ses amis.

—Volatile inconnu en tenue de soirée flottant sur un glaçon à l'horizon ! clame tout à coup Chambellan le chameau.

—Pardon ? demandent tous les amis de Gilda à l'unisson.

Pauvre Pépin… Il a beau raconter et raconter encore son histoire, personne ne sait pourquoi sa banquise s'est mise à fondre, ni comment il a pu dériver si loin.

Essayant d'oublier sa peur, le petit pingouin affirme :
— Même si je dois marcher pendant deux cents jours et deux cents nuits, je retourne à la maison ! Je dois retrouver Pépita, Pistachou et Pistachette. Je suis certain qu'ils s'inquiètent…

D'un même élan, Gilda la girafe et Chambellan le chameau s'exclament :
— Nous partons avec toi !

Pépin et ses nouveaux amis marchent et marchent
encore. Si longtemps qu'ils atteignent les sables du désert.

Aveuglé par la lumière du soleil, le pingouin baisse les yeux
vers le sol.
—Attention! lance-t-il tout à coup à Chambellan.

Le chameau suspend son mouvement juste avant que
sa patte touche le sable.
—Ouf! soupire Farouka la fourmi. C'était moins une…

Avec ses minuscules antennes, elle s'éponge
le front. Puis elle demande:
—Et toi, étrange animal qui m'as sauvé
la vie, qui es-tu donc?
—Je suis Pépin le pingouin, celui
qui cherche son chemin.

La petite fourmi se gratte la tête.
—Ma foi, dit-elle, je connais bien un chemin. C'est peut-être le tien…

Les trois amis suivent la piste sinueuse indiquée par la fourmi.
Par-delà le désert, au cœur de la forêt profonde,
ils cheminent longtemps, longtemps. Rien ne les arrête,
rien sauf les eaux bouillonnantes d'un torrent.

Entre deux gargouillis de son ventre vide,
Gilda demande :
— Et maintenant, que fait-on ?
— Ouin !!! crie soudain Sumo le souriceau.
J'ai perdu mon fromage !!!

Pépin aperçoit aussitôt la meule flottant entre
deux eaux. Devant ses amis ébahis, il plonge
sans hésiter, fonce contre le courant, évite les
tourbillons d'écume et repêche le festin.

Sumo le souriceau est tellement
satisfait de la tournure des
événements qu'il divise son
appétissante meule de roquefort
en quatre parts. Entre deux bouchées
de goûter improvisé, il demande :
—Et toi, étrange animal qui as sauvé la
vie de mon fromage, qui es-tu donc ?
—Je suis Pépin le pingouin, celui qui cherche
son chemin.

Sumo lisse ses longues moustaches.
—Ma foi, dit-il, je connais bien un chemin.
C'est peut-être le tien…

Grâce aux indications du souriceau, Pépin et ses amis trouvent
le petit pont de pierre qui enjambe le torrent. Ils empruntent ensuite
le sentier de terre rousse qui les mène au pied d'une montagne
dont la cime se perd dans les nuages.
– Et maintenant, que fait-on ? demande Chambellan en frissonnant.

Seul le silence lui répond. Pas le moindre souriceau, ni la moindre
fourmi, ni même le moindre puceron à l'horizon.

–Maintenant, dit doucement
Pépin, maintenant…
C'est à moi de trouver le chemin.

Du regard, il interroge les nuages.
Et… oh! Que voit-il?
–De la neige! Exactement comme chez moi!

Les trois amis entreprennent aussitôt l'escalade
du sommet vertigineux. Malgré le froid
qui les mord à qui mieux mieux, ils grimpent
et grimpent encore, sans perdre courage.

Tout en haut, sur le pic enneigé, que découvrent-ils ?
Un bonhomme de neige ! Gilda la girafe et Chambellan le
chameau sont estomaqués : ils n'ont jamais rien vu de tel.

Pépin, lui, comprend qu'il est encore loin de sa
banquise. Il pense à son Pistachou et à sa Pistachette,
et à tous les jeux qu'il voudrait inventer pour eux.
— Très réussi, ce bonhomme, murmure-t-il.
— Merci beaucoup, répond le Vent du Nord.

–Sauve qui peut ! crient Chambellan
et Gilda. Le Vent du Nord se cache ici !
–Attendez, les supplie Pépin.
Je dois lui parler !

La girafe et le chameau se font tout
petits derrière lui.
–Vent du Nord, dit le pingouin,
pourquoi as-tu fait ce bonhomme
de neige ?
–Pour avoir un ami, chuchote le Vent.
–Tu n'as donc pas d'amis ?
demande Pépin.
–Non ! hulule le Vent. Personne
ne m'aime !

Le petit pingouin lisse ses plumes avec son bec. Puis il dit:
—Voilà donc la raison qui t'empêchait de souffler…

Le Vent renifle un peu puis secoue la tête, de haut en bas.
—Tu te trompes, affirme Pépin. Je t'aime, moi. Tous les pingouins sont tes amis! Sans ta froideur notre pays a beaucoup trop chaud… Il fond comme un glaçon perdu dans un verre d'eau!

Le Vent du Nord est si content d'entendre ces mots qu'il laisse échapper un soupir de soulagement.

Un soupir tellement énorme qu'il soulève Pépin, Gilda et Chambellan, les emportant au-dessus des montagnes, des plaines et des océans… jusqu'au pays tout blanc!

Pépita, Pistachou et Pistachette sautent aussitôt dans les bras de Pépin pour le couvrir de bisous. Au moins six cent soixante-douze bisous ! Puis ils organisent une incroyable fiesta de bonshommes de neige pour célébrer son retour.

Chambellan et Gilda, bien emmitouflés, s'amusent comme des fous. Le Vent du Nord aussi, qui a galamment promis de les raccompagner dans leur pays du bout du monde.

Pourvu qu'il ne souffle pas trop fort…
sur les taches de la petite girafe !